# ME ENCANTA
## LA NIEVE

# A Jen, Chris y Liam

**Los libros de la colección ¡Me gusta leer!® han sido creados tanto por reconocidos ilustradores de libros para niños como por nuevos talentos, con el propósito de infundir la confianza y el disfrute de la lectura en los pequeños lectores.**

**Queremos que cada nuevo lector diga: "¡Me gusta leer!"**

**Puede encontrar una lista de otros libros de la colección ¡Me gusta leer!® en nuestra página de internet: HolidayHouse.com/MeGustaLeer**

¡Me gusta leer! is a registered trademark of Holiday House Publishing, Inc.

Copyright © 2020 by Steve Henry
Spanish translation © 2023 by Holiday House Publishing, Inc.
Spanish translation by Eida del Risco
Originally published in English as *Snow is Fun* in 2020.
All Rights Reserved
HOLIDAY HOUSE is registered in the U.S. Patent and Trademark Office.
Printed and bound in March 2023 at C&C Offset, Shenzhen, China.
The artwork was created with watercolor, ink, acrylic paint, and torn paper on 300 lb. hot press watercolor paper.
www.holidayhouse.com
First Spanish Language Edition
1 3 5 7 9 10 8 6 4 2

Library of Congress Cataloging-in-Publication Data is available from the Library of Congress.

ISBN: 978-0-8234-5473-0 (Spanish edition)
ISBN: 978-0-8234-4600-1 (English hardcover as *Snow is Fun*)

# ME ENCANTA LA NIEVE

### Steve Henry

¡Me gusta leer!®

**HOLIDAY HOUSE • NEW YORK**

La nieve cae.

La nieve es blanca.

La nieve no hace ruido.

La nieve sopla.

La nieve cae y cae.

La nieve pesa.

El pájaro cae.

Los amigos quieren ayudar.

¡Pero los pájaros vuelan!

Me encanta la nieve.

Me encanta jugar en la nieve.

## ¡Me gusta leer!®

Me gusta mi bici
AG Ferrari

MIRA CÓMO CORRO
Paul Meisel

Un gol más
Marilyn Janovitz

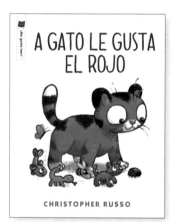
A GATO LE GUSTA EL ROJO
CHRISTOPHER RUSSO

CABALLO Y MOSCA
¡PÍNTALO!
Ethan Long

Me encantan los insectos
Lizzy Rockwell

Perro malo
David McPhail